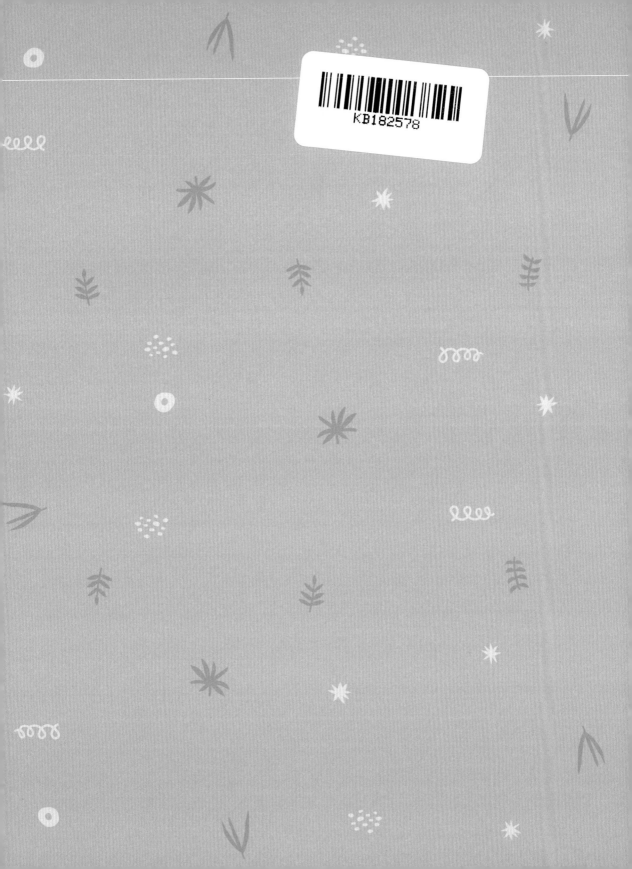

KB182578

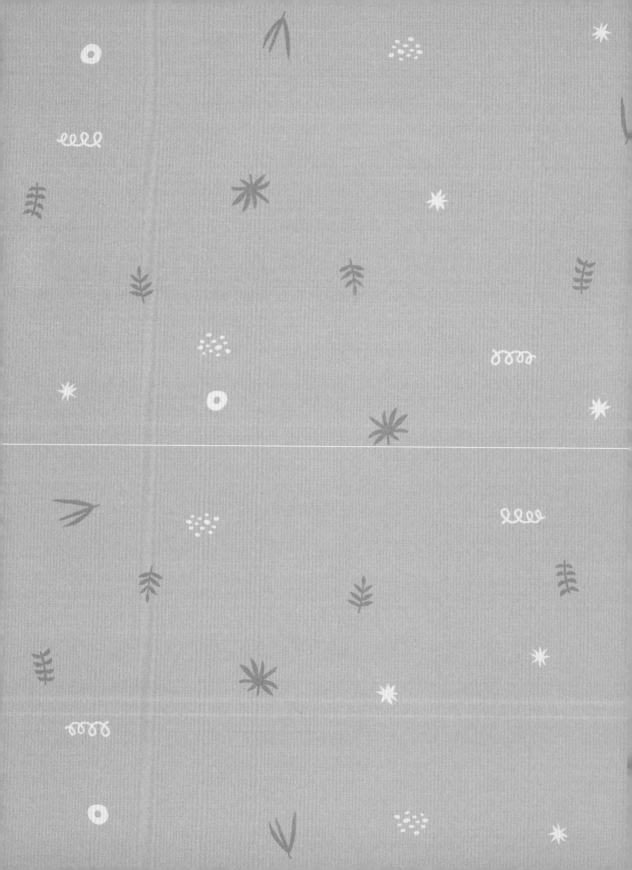

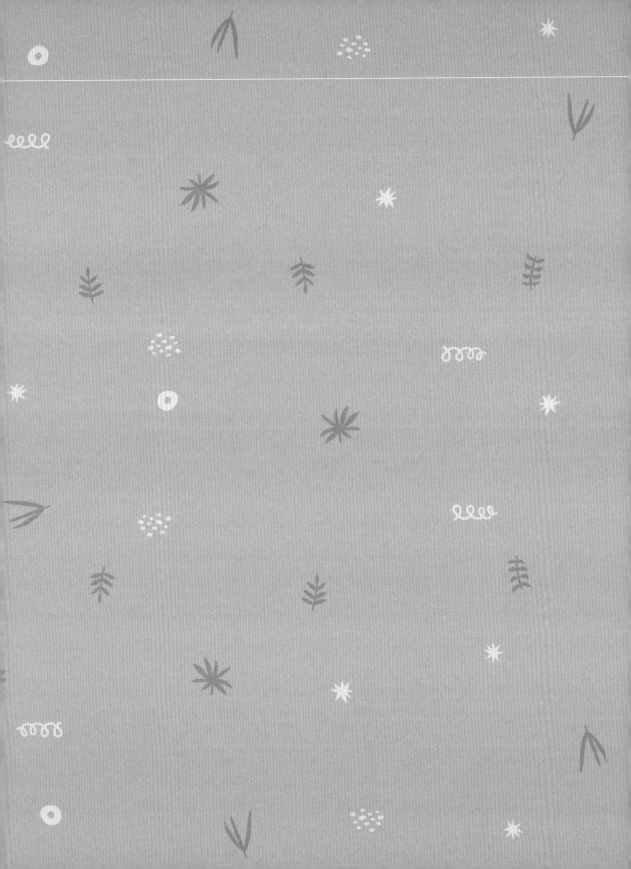

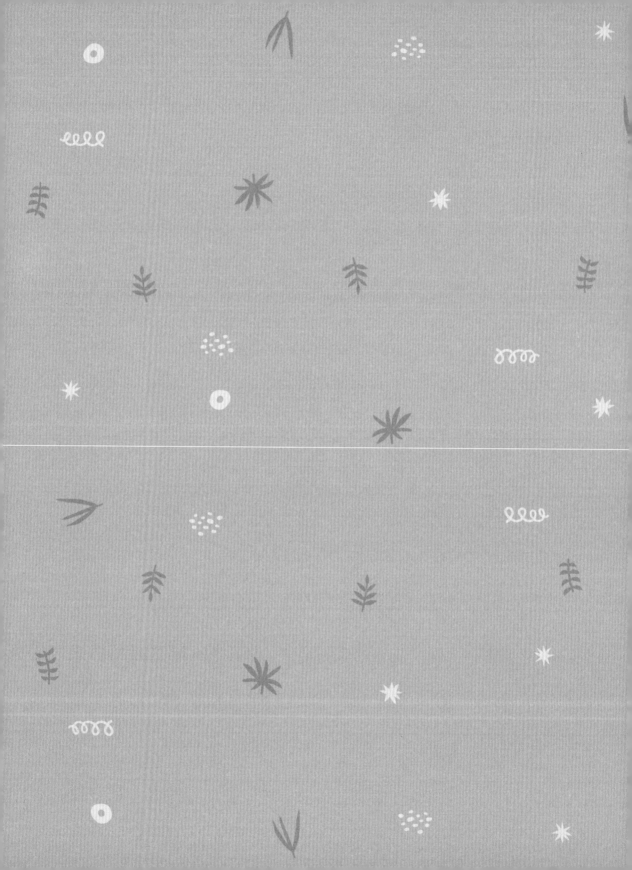

김진경 단편동화집

이야기가 있는 보리

글 김진경

김진경 단편동화집

이야기가 있는
벼루

글 김진경

인쇄일 | 2024년 10월 25일
발행일 | 2024년 10월 31일

지은이 | 김진경
펴낸이 | 김영빈
펴낸곳 | 도서출판 시아북(詩芽Book)

출판등록 | 2018년 3월 30일
주소 | 대전광역시 동구 선화로214번길 21(3F)
전화 | (042) 254-9966, 226-9966
팩스 | (042) 221-3545
E-mail | siab9966@daum.net

값 13,000원

ISBN 979-11-94392-05-7(73810)

* 이 책은 2024년도 한국예술인 복지재단의 창작지원금을 지원받아
  제작되었습니다.

이야기가 있는 보리

글 김진경

시아북
詩芽BOOK

작가의 말

어느 도시나 자랑거리, 먹거리, 놀거리, 볼거리가 다 있다. 더구나 유서 깊은 역사 도시에서의 감동은 물밀듯 밀려온다.

시간의 두께가 두터운 도시일수록 더욱 이야기가 많다.

사람의 시간이 역사이고 주인공이고 이야기이기 때문이다.

보령에 터를 잡고 살면서 이제는 외지에 나가 산다면 그리운 고향이 될 것이다. 그만큼 보령에 정이 흠뻑 들었다.

산, 바다, 섬, 평야가 적절하게 어우러진 도시이다.

그리고 이야기도 곳곳에 많이 스며들어 있다. 그래서 보령의 이야기를 틈틈이 동화로 엮었었다. 한국예술인복지재단의 지원을 받아 몇 편이라도 한 권의 책으로 묶을 수 있어서 행복하다.

충남에서 두 번째로 높은 오서산이 내가 사는 청소 송덕마을에서 보인다. 5분여를 달리면 오천항과 충청수영성과 영보정, 갈매못 순교성지를 찾아갈 수 있다.

마음만 먹으면 언제든 흔하게 볼 수 있는 바다가 있다. 여객선을 타고 바다로 나가면 아름다운 섬과 섬들이 여행객을 반겨준다.

   색의 변화로 사계절을 느끼고 보게 만드는 넓은 평야도 있다.

   슬픈 순교터인 갈매못 순교성지, 찾아가고 싶은 섬 외연도의 봉수대 이야기, 청소 죽림리에 있는 홍도원, 보령의 섬이었던 대청도, 충청수영성 내 영보정에서 바라보이는 한산사 터에서 모인 선비들의 이야기들을 엮었다.

   개인의 모든 삶이 다 이야기가 된다. 이 이야기들이 쌓이고 싸여 역사가 되고 전설이 된다.

   또한 보령의 아기자기한 이야기들을 묶는다면 훌륭한 시간의 쌓임이 될 것이다. 그래서 다른 이야기들도 쓰고 묶고 할 계획이다.

   나무의 나이테처럼 우리의 이야기도 오래도록 남기를 소원해 본다.

   그리고 미래 세대에 주인공으로 등장하는 우리 어린이들에게 쌓인 이야기들을 많이 풀어 놓고 싶다.

   이 책을 엮으면서 재미있는 이야기꾼이 되고 싶다는 소원을 다시 불러오며 새롭게 다짐을 해본다.

2024. 10.

김진경

도민이는 엄마 아빠와 함께 드라이브를 했다.

충청수영성을 구경하고 다시 바닷길을 따라 갈매못 순교성지로 향했다.

짧은 구간이지만 멋진 바닷길이다.

회이포를 돌아 먼 서해 바다로 나가는 길목이다.

그 바다 물결은 서해의 크고 작은 섬들을 휘감아 도는 물길이다.

차례

하늘이 울다

　도민이는 엄마 아빠와 함께 드라이브를 했다. 충청수영성을 구경하고 다시 바닷길을 따라 갈매못 순교성지로 향했다.

　짧은 구간이지만 멋진 바닷길이다. 회이포를 돌아 먼 서해 바다로 나가는 길목이다. 그 바다 물결은 서해의 크고 작은 섬들을 휘감아 도는 물길이다.

　충청수영성 문밖 동네 중 목마른 말이 물을 마신다는 모양으로 만들어져 갈마음수渴馬飮水형인 마을이 있다. 지금은 갈매못이라고 부른다.

　야트막한 산길을 돌자 갈매못 순교 성지가 보였다. 들어서며 바로 보이는 성당은 순교자 기념 성당이다. 그리고 순례객들과 신자들을 위한 성당은 산 밑에 새로 지어져 있다.

　도민이는 널찍한 마당으로 들어섰다. 그러자 한자로 적힌 큰 비석이 보였다. 엄마가 순교복자비殉教福者碑라고 읽어주었다.

　그 다음은 장깃대터 라고 했다. 이 표지석은 처형된 신부들의 목을 걸어 놓기 위해 장깃대를 꽂았던 터라고 했다.

"엄마, 너무 무서워요."

"그래, 엄마도 정말……싫다."

　그 다음은 두 개의 둥굴넓적하고 평평한 돌 비석이 나란히 있는 곳이다. 다섯 순교자를 참수하고 목이 없는 시신을 최초로 매장했던 터라고 한다.

일반 신자들은 배를 타고 압송하는 과정에서 산 채로 바다에 던져져 수장되기도 했다. 또는 참수된 다음에는 그냥 바다에 버리기도 했다.

이름도 없고 시체도 없고 흔적도 남아있지 않은 무명의 순교자들의 피가 고요히 흐르는 갈매못 순교 성지 앞바다이다.

아빠는 아빠의 할아버지로부터 들은 이야기를 들려주었다. 도민이로부터는 5대조가 되는 셈이다.

도민이는 엄마 아빠와 함께 순교자들의 죽음을 생각했다.

봄이 왔지만 따스한 바람을 아직 느낄 수 없는 3월이다. 간간히 훈훈한 바람이 찬바람 갈피에 묻어서 불어 오기도 한다. 봄에는 바다가 점점 더 깊어지는 때이다. 그리고 길가에는 봄꽃이 찾아오고 있다.

이제 봄꽃이 흐드러지는 때가 가까워진 것이다.

아직은 야트막한 산과 바다로부터 불어오는 바람으로 옷깃을 여미고 있다.

충청수영성 동문밖이 죄인들의 호송으로 시끄러웠다. 웅성거

리는 군중 속에 아이들의 시선도 많다. 어른들이 막지만 큰 웅성
거리는 소리에 아이들의 호기심을 막을 수는 없다.

"아, 어머나, 너무 무서워."

"무슨 죄를 지었길래 이리 험악한 몰골로 내려왔을까?"

"우와, 어찌 사람의 눈이 저런 색깔일까?"

얼마 전부터 서울에서 죄를 지은 사람들이 내려온다는 소문이
자자했다. 서해지역의 죄인들은 충청수영성에서 처형하지만 임
금이 보낸 서울 사람들이 와서 처형을 받기는 처음이었다.

그래서 많은 사람들이 수근거렸다.

"임금의 혼인이 있어 좋지 않다고 250리 밖에서 처형하라고 했데."

"그래서 저렇게 수레도 타지 않고 온갖 고문을 당한 몸으로 저렇게 걸어서 내려온 거야."

머리가 헝클어지고 이상한 옷을 입은 파란 눈의 죄인들이 서울 도성에서부터 충청수영성으로 끌려내려왔다.

솜옷을 입어도 괜찮은 때이다. 그런데 그들은 더럽혀지고 찢겨진 채로 그대로 입고 내려온 것이다.

"눈이 파라니까 더 무섭고 저렇게 오니 꼭 귀신 같아."

"그런데 저 파란 눈의 사람들은 무슨 죄를 지었다는 거야?"

"뻔하지 임금과 대신들이 싫어하는 천주를 믿는 사람들이겠지?"

동네 사람들이 무서워하는 것에 반하여 죄인들은 옅은 미소를 머금은 얼굴들이었다. 그들의 미소를 보니 그다지 큰 죄도 아닌데 억울한 누명을 썼는가 하는 생각도 들었다. 그러니 저렇게 여유로운 얼굴이겠지 했다.

아무리 그래도 그렇지 어찌 저런 편안한 얼굴을 할 수 있을까

싶었다.

비록 자유로운 몸은 아니지만 오히려 그들은 자신들을 바라보는 사람들을 여유있게 애처로이 바라보았다.

긴 여정에 지칠만도 한데 자세하게 보니 얼굴은 평온해 보였다. 저 파란 눈의 사람들과 조선 사람들의 죄가 무엇일까 점점 궁금해졌다.

"죽는 것이 무섭지 않은가 봐."

"그러게 말이야. 여기로 올 때는 죽는다는 것을 알고 내려올 텐데. 걷는 걸음은 몹시 지쳐있지만 개선 장군같은 모습이야."

"무슨 생각으로 저 사람들은 저리 당당한 것일까?"

충청수영성 거리는 죄인들의 호송으로 시끄럽고 많은 대화들이 오고갔다. 아이들도 파란 눈의 사람들이 몹시 궁금했다. 그래서 처형장에 가보고 싶기도 했다. 아이들은 못 오게 하기에 간 적은 없다.

호송으로 따라온 병사들도 지치기는 매 한가지 일 것이다. 하지만 무엇엔가 모르지만 그들도 평안해 보이기는 마찬가지였다.

"이번에는 죄인들을 데려오기 아주 쉬웠어. 죽을 것을 알면서도 전혀 도망 칠 생각을 안하니 말이야."

"그러게 말이야. 지난 번에는 배로 호송하다가 그냥 물에 빠트
　릴 때는 나도 정말 힘들었어. 내가 왜 이런 일을 해야하나 하
　고 말이야."

"아무튼 천주를 믿는 신자들은 죽음이 하나도 안 무서운가 봐.
　아휴우."

호송 병사가 지나가며 하는 말이었다.

아이들이지만 충청수영성 거리를 지나니 다양한 죄인들의 모습
을 많이 보았다. 처형을 당하는 죄인의 행렬을 여러번 보았다. 큰
소리로 울며 따르는 사람도 있었고 억울하다고 소리치는 죄인도
있었다. 그럴 때마다 괴로운 소리에 마음이 울적하고 속상했다.

하지만 한 가지 이상한 것은 천주를 믿는 신자들의 행렬은 늘 조
용했다. 그들은 서로에게 영원한 천국이 기다린다며 격려했다.

갈매못 앞바다와 처형터는 죽임을 당하는 사람들이 많았지만
천주를 믿는 신자들은 특별한 사람들이 죽는 것 같았다.

이번 행렬은 도성에서 보내는 사람들이라 마을 사람들 사이에
서 시끄러웠다. 그리고 이번 행렬은 우는 사람도 소리치는 사람

도 없다. 그냥 나들이 가는 듯 평온한 행렬이었다.

마을 사람들은 그들에게 잘 다녀오라고 인사하고 싶은 마음이다.

"…… 내가 천성 바라보고 가까이 왔으니 아버지의 영광 집에 나
　쉬고 싶도다…….＂

죄인들은 일반 사람들이 알아들을 수 없는 노래이지만 고요하게 부르며 걸었다. 얼마 전에도 조선 사람들이 잡혀와 처형장으로 향하는 것을 보았다.

눈물콧물 범벅이었지만 죽음이 두려워서 흘리는 눈물이 아니라 자꾸만 누군가가 불쌍하다며 우는 눈물이었다.

이런 행렬들이 매일 있었다. 그런데 오늘은 서울에서 온 것이다. 특별한 죄인처럼 보였다.

그 죄인들은 신부들이었다. 하나님 나라를 전파하고 제사를 못 지내게 하고 세상의 왕은 예수라하니 사학이 되었다고 했다.

"프랑스라는 나라에서 온 사람들이고 조선 사람 둘이고. 프랑
　스 이름이 너무 어려워. 그런데 프랑스는 어디에 있는 나라야?＂

"우리가 이름도 알지 못하는 나라에서 우리 조선을 어찌 알고 왔

을까? 신기하다.”

집으로 돌아오는 길에 충청수영성 정문에 붙은 그들의 이름을
보았다. 더듬더듬 간신히 다 읽었다.

“다블류 안토니오 주교, 오메르트 베드로 신부, 위앵 루카 신부,
황석두 루카, 장주기 요셉.”

조선 사람도 둘이나 있었다.

며칠이 지나자 서울에서 내려온 죄인들이 그나마 깨끗한 의복으로 갈아입었다. 망자가 될 죄인들에 대한 마지막 예우 같았다.

　그들도 옷이 깨끗하니 기분이 좋아보이기까지 했다. 처음 볼 때는 파란 눈의 그들이 무서웠는데 깨끗한 의복을 입으니 인자해 보였다. 도무지 역적의 죄는 아니었다.

　자신이 믿는 신의 존재에 대한 그들의 확신에 찬 믿음이 있었기에 이역만리 땅에서 피를 뿌리고 있다.

　그리고 역적도 아니고 살인자도 아니고 다만 사람에게 올바르게 살라고 하는데 왜 죽이는지 이해가 되지 않았다.

　온 세상의 왕은 한 분인데 그 사람이 예수라는 것이다.

　조선의 왕도 한 분인데 예수라는 듣지도 보지도 못한 사람이 조선의 왕이라고 말했다. 더 나아가서 온 세상의 왕이라는 것이다.

　어디 있는지도 모르는 나라의 사람이 온 세상의 왕이라니 어이없는 소리였다.

　"일본에서도 아주 많은 사람들이 죽었는데. 예수를 믿거나 전하는 사람은 바닷가 모래 밭에 목만 내고 파 묻어서 아주 괴로운 상태에서 죽음으로 몰기도 했다는 거야."

"아휴우, 그러면 예수라는 사람은 온 세상에 평화를 주는 것이
아니라 죽음을 주러 온 사람이야."

"아주 많은 나라에서 많은 사람들이 죽었다니까 말이야."

아이들은 처형터까지 갈 수 없어서 뒤에 남았다. 그리고 이내
잊어버리고는 충청수영성 담장길을 따라가며 놀았다.

쌀쌀한 바람이 귓볼을 간지럽혔다. 조금 편평한 바닥에서 팽이
도 돌렸다. 아이들은 나뭇가지를 꺾어서 자치기도 했다.

돌을 세워놓고 비석치기도 했다. 짧은 봄날이 서서히 저물어가
고 있었다. 처형터를 다녀온 어른들의 얼굴이 무척이나 어두웠고
눈물을 흘리기도 했다.

아이들은 아까 낮에 처형터로 간 죄인들이 그제야 생각이 났다.

"아니, 처형 당하는 사람을 여럿 보기도 했지만 이번 사람들은
뭐가 그리 당당한지 하참, 서로 격려하다니."

"그러게 말이여. 조금 있다가 천국에서 만나자 하고……."

"천국이 어디에 있고 예수가 누구기에 저리도 죽음을 하나도 두
려워하지 않는 것일까?"

아이들은 궁금했지만 어른들의 얼굴이 굉장히 심각한 얼굴이어

서 물어보지는 못했다.

"나는 말이여, 그 파란 눈의 사람들이 자기 나라도 아니고 멀고
먼 남의 나라에서 어찌 저렇게 끔찍하게 죽을 수 있느냐 말이
여."

"예수가 누구여?"

아이들은 어른들에게 더 가까이 다가갔지만 묻지는 않았다.

"그 망나니 자식 말이여 한 번에 끝내야지. 에이 어떻게 더 고통
스럽게 시간 간격을 두고 두 번째에 보내냐 말이여."

"나쁜 녀석, 하긴 돈 나올 곳이 없는 죄인들이니까 더 공포를 주
는 것이여. 그래도 그 사람들 봐. 당당하잖여."

아이들은 상상할 수 없는 광경이다. 하지만 어른들의 말로는 죽
음 앞에서도 무서워하지 않았다는 것만 알 수 있었다.

한 동안 충청수영성 온 마을에서는 서양의 죄인들과 조선 사람
들의 죽음에 대한 이야기로 가득찰 것이다.

어쩌면 사람들은 예수라는 사람에 대한 호기심으로 그에 대하
여 알아보려고 할지도 모른다.

"성부와 성자와 성령의 이름으로 아멘."

사람들은 그들이 하던 손짓을 흉내내기도 했다.

"예수는 하나님의 아들이고 마리아인가 그 사람은 육신의 어머니랴. 더 신기한 얘기는 마리아가 처녀의 몸으로 예수를 가졌다는 거야. 허허참, 그리고 그 성부는 하나님 아버지고, 성자는 예수고, 성령은 심부꾼이라는 거야."

마을에서는 그들이 죽기 전에나 죽어가면서 가슴에 손짓을 하면서 중얼거리는 소리를 들으니 이런 말이라고 했다.

충청수영성을 뒤흔들었던 사건들이 서서히 가라앉으면서 다시 일상의 평온으로 돌아왔다.

"엄마, 150년도 훨씬 넘은 이야기이지만 지금도 이 성당에 그 분들의 영혼이 살아서 움직이는 것 같아요."

"그래 그렇구나."

집으로 돌아가는 발걸음은 무거웠다. 개인의 신앙을 죽음으로 몰아가는 일은 없어야 한다는 생각을 했다. 믿음의 선조들이라는 말들을 하기도 했다.

복잡하게 얽히는 어른들의 이야기는 모른다. 하지만 도민이는 사람을 존중하며 진리를 알아가는 것이 신앙이라 생각했다.

푸른 섬의 노래

눈부시도록 파란 가을 하늘은 깊다. 그리고 바다는 그 바닥이 어딘지 보일 것 같은 맑은 날이다. 그래서 하늘과 바다는 서로의 깊이를 알고 있어 빠져들 듯이 바라보고 있다.

대청도는 푸르름이 가득한 섬이다. 그래서 대청도라는 이름보다는 푸른 섬으로 많이 불리고 있다. 그 푸른 섬은 바다 가운데 뾰족하게 서 있다.

바닷가는 온통 바위투성이다. 섬 안은 숲이 빼곡하게 우거져 있어 여름의 한낮에도 시원하다.

외로운 섬, 푸른 섬에 바짝 겨울이 다가오고 있었다. 세 계절 동안 닥쳤던 바닷바람을 다 합쳐도 될 만큼의 추운 겨울바람이 기다리고 있다. 아직은 가을이어서 덜 춥기는 하다.

푸른 섬에는 많은 사람이 살지 않고 있다. 그래서 섬의 모든 사람이 한 식구처럼 살고 있다. 뱃길을 떠나면 마을의 남자 어른들은 그 배로 함께 떠난다. 이번 장은 겨울을 춥지 않도록 나기 위해서 나선 뱃길이다.

아빠와 단둘이 사는 도영이는 쓸쓸해 바닷가에 앉았다. 그러다 먼 바다를 보며 돌멩이를 던져 본다. 육지로 장을 보러 가신 아버지가 달포가 지나도록 오시지 않아 더욱 외롭다.

외로운 눈에 비친 여러 섬 사이로 육지의 오서산이 한눈에 들어왔다. 아버지가 계시는 곳이 저 산 근처였었기 때문이다.

바닷가 모래밭에 누웠다 일어났다 하며 지루한 시간을 보낸다. 그때 멀리 흰 돛대 한 점이 보였다.

뛸 듯이 기뻐하며 오랜 뱃길에 몹시 지쳤을 아버지를 불렀다. 메아리가 없는 바다여서 들리지도 않을 것이지만 목청껏 소리쳤다.

"야호, 아버지, 아버지."

배가 가까이 다가올수록 가슴이 두근거렸다. 이윽고 배가 천천히 해변에 닿았다. 그런데 오늘은 아버지와 마을 사람 외에 몇 명이 더 내렸다.

"아버지, 아버지."

잠시 멈칫하던 도영이는 이내 아버지에게 달려가 안겼다.

"오냐, 오냐. 우리 도영이 잘 지냈느냐?"

"네, 아버지. 그런데 이번 뱃길은 왜 이리 늦었나요?"

"그래, 그래. 그렇구나. 배에 탈 사람을 기다리고 또 오다가 심한 안개로 늦어졌구나."

"아버지께서 육지에 계신 동안 여기도 바람과 안개가 많았어요."

"녀석, 달포 사이에 많이 컸구나. 으하하, 어디 내 아들 다시 보자. 그리고 안아보자. 아휴, 무거워라."

도영이와 아버지는 서로의 얼굴을 마주 보고 웃었다.

그런데 도영이가 언뜻 보기에도 퍽 귀하게 보이는 사람이 내렸다. 지친 모습이지만 눈빛이며 태도에 함부로 가까이 갈 수 없는 위엄이 흐르고 있다.

하지만 도영이와 눈이 마주치자 눈빛은 부드럽게 변했다.

고려의 수도 개경에 있는 조정에서는 임금님의 눈 밖에 나면 멀리 섬으로 귀양을 보낸다. 그리고 이곳 푸른 섬으로 보내는 것은 굶어 죽으라는 것과 같은 뜻이다. 죄인 혼자서 생활해야 하기에

귀족들은 건디기 힘든 곳이다.

언젠가 보령현에서 귀양을 보낸 사람도 굶어 죽었다. 그리고 이곳 푸른 섬에는 나라에서 보내는 죄인만을 위한 집이 따로 마련되어 있다. 그 일행은 그곳으로 가고 있다.

도영이는 이해할 수 없었다. 자신은 푸른 섬에서 나고 자랐다. 임금님이 미워하는 사람을 이곳 푸른 섬으로 보내서 죽게 만든다는 것이 속상하다.

"아버지, 이번에는 어떤 사람이 푸른 섬에 들어왔나요?"

"아주 높은 분이시더구나."

"왜 이 섬에 오셨다 하나요?"

"임금님께 옳은 말씀을 드
   리다가 미움을 샀다는
   구나. 허허허, 참."

"……."

"자, 가자. 아마도 이번에 오신 분도 머지않아…… 생겼구나. 쯧 쯧쯧, 임금님도 너무하시지."

도영이는 임금님의 노여움이 크다고 생각했다. 섬에 유배된 죄인을 마을 사람들은 보살필 수 없다. 법으로 금지했기 때문이다.

그래도 사람들이 몰래 보살피지만 괴로운 마음을 견디지 못해 스스로 죽기도 하고 굶어 죽는다.

일찍 찾아온 어둠은 저녁을 먹자마자 아버지는 코를 골며 깊은 잠에 빠져들었다. 도영이 역시 아버지를 보자 안심이 되어 깊은 잠을 잤다.

서로에게 다리를 얹고 빙빙 돌면서 아버지와 아들은 밤이 다 새도록 잤다. 그런데 소란스러운 발소리에 둘은 동시에 잠을 깼다.

"여보게, 여보게. 이 서방 안에 있는가?"

다급하게 부르는 소리에 아버지는

부지런히 옷을 걸치고 문을 열었다.

"아, 예, 나리. 왜 그러십니까?"

"큰일 났네. 죄인을 호송하던 뱃사공 하나가 사라졌다네. 혹시 여기 오지 않았는가?"

"예, 누구요? 밤새 자느라…… 하지만 여긴 오지 않았습니다요."

"거 있지 않나. 박 서방 말일세. 배 안에서 최유엄 어르신의 물을 먹었던."

"예, 알고 말굽쇼. 그런데?"

"알았네. 서두르세. 남은 집도 더 찾아봐야 하니."

"예, 나리."

아버지는 부지런히 밖으로 나섰다. 도영이는 그 높으신 어르신 이름이 최유엄이라는 것을 알았다. 그 어르신이 배에서 천한 뱃사공에게 물을 주었다는 것이다.

언젠가 도영이는 아버지 따라 뱃길에 나섰다 물이 떨어져 고생했던 기억이 떠올랐다. 배에 물이 없다는 것은 거의 초주검이다.

한참 시간이 지나서 아버지는 돌아오셨다. 결국 찾지 못하고 그 일행만 태운 배가 떠나는 것을 보고 돌아왔다는 것이다.

"허허, 거참 알 수 없는 노릇이네."

아버지와 일행들은 박 서방 아저씨가 어젯밤 소피보러 나갔다가 절벽에서 떨어져 죽었다고 생각했다.

아버지와 도영이는 해가 다 지도록 집안 일을 했다. 이제는 겨울이 다 지나도록 육시로 나갈 일이 없다. 겨울 주변의 섬들을 갈 수 있을 뿐이다. 지금부터 겨우살이 준비를 해야 한다.

집안 곳곳을 고치고 아궁이의 불이 들어가는 길도 다시 확인했다. 어스름 저녁이 다 되자 누군가 아버지를 찾아왔다. 섬에서 못 본 얼굴이다.

"아버지, 아버지. 손님 오셨어요."

"응, 손님이라니? 이곳에…… 아니?"

아버지는 소스라치게 놀랐다.

"아니, 이 사람아. 어찌 된 일인가?"

아버지의 놀라시는 모습과 달리 그 사람은 담담했다. 아버지는 볼 사람 없는 섬인데도 누가 볼세라 얼른 방으로 끌고 들어갔다.

아저씨는 스스로 남았다고 했다. 그리고 아저씨가 남은 이유는 배가 늦어져서 마실 물이 떨어졌다고 한다. 목이 말라 죽을 지경에 이르자 호송 대장의 물에 손을 댔다가 죽도록 얻어맞고 묶여 있었다고 한다.

그런데 최유엄 어르신이 자신의 조금 남은 물을 박 서방에게 주었다는 것이다. 그래서 그 은혜를 갚기 위해 최유엄 어른이 계시는 한 이 푸른 섬에 남기로 했다고 한다.

그러자 아버지와 함께 온 일행들이 박 서방은 실족하여 죽었다고 보고하기로 했다고 말해주었다.

"그렇다고…… 박 서방, 자네."

"그래서 말인데 내게 고기 잡는 방법을 가르쳐주게. 당장 겨울을 나야 하지 않겠나."

"알았네, 알았어. 은혜를 갚는 일인데. 그런데 고기를 잡았으면 가까운 섬이라도 내다 팔아야 곡식을 얻을 수 있다네. 자네를 알아보지 않겠나?"

"걱정하지 말게. 내가 죽은 사람으로 되었다면 수염을 기르고 얼굴에 상처를 만들면 된다네."

"아, 그렇다고 이 사람아."

"사람이 은혜를 알아야 사람의 근본이 아니겠는가."

"후회하지 않겠는가."

"그럴 일은 없다네. 나를 기다리는 가족이 없어."

아버지는 아저씨의 말에 고개를 끄덕였다. 아버지는 아저씨에게 한 움큼의 쌀과 생선 몇 마리를 주어 보냈다.

아저씨는 매일 아버지를 찾아와서 섬 생활에 대해 배웠다. 또 어떤 날은 뺨에 깊은 상처를 남겼다. 수염은 점점 길어졌다.

이제 예전의 박 서방의 모습은 아니다. 최유엄 어르신은 박 서방의 노력에 어깨를 다독이기만 했다 한다.

박 서방은 아버지를 찾아와 함께 고기 잡고, 최유엄 어르신도 두 사람의 일을 도왔다. 도영이는 늘어난 섬 식구를 신나게 따라다녔다. 최유엄 어르신과 도영이는 바닷가에서 물새알 줍는 일을 도맡아 했다.

고기 잡는 일과 잡은 고기 말리는 일과 내다 파는 일은 아버지와 박 서방 아저씨의 몫이다. 추운 겨울이 닥치기 전 열심히 겨우살이 준비를 했다. 눈보라가 몰아치면 옆집 이동도 어려워 꼼짝없이 갇혀 지내야 하기 때문이다.

볼이 얼어붙을 것 같은 겨울이 무사히 지났다. 한낮에는 제법 훈훈한 바람이 불어왔다. 서로가 살아남았다는 것을 기뻐했다.

　더운 여름이 되자 다시 바닷가는 분주해졌다. 가을과 겨울도 다시 찾아왔다. 그사이 도영이는 부쩍 자랐고 최유엄 어르신의 가르침으로 제법 글도 깨우쳤다.

　이렇게 각기 다른 모습을 가지 계절이 여러 번 지나갔다. 아버지와 도영이 그리고 최유엄 어르신과 박 서방에게도 세월은 빠르게 흘러갔다.

　어느 날, 바다 저 멀리서 화려한 배 한 척이 보였다. 귀한 옷차

림을 한 사람들이 내리더니 최유엄 어르신의 집으로 들어갔다.

　박 서방은 서운한 듯 기쁜 듯 도영이네 집으로 왔다.

　"최유엄 어르신이 다시 조정의 부름을 받으셨다네. 이제는 그
　어르신과 헤어져야 하는가 보네."

　"박 서방……."

　박 서방 아저씨는 애써 눈물을 참고 있었다.

　"그런데 몇 년 전 함께 있었던 뱃사공이 있었지만 나를 전혀 알
　아보지 못하더군."

　아저씨는 이런 날이 올 것으로 생각했지만 갑작스레 닥친 이별
에 당황스러웠다.

　"오늘 중으로 떠나시려나……. 난 그냥 이곳에 남아 자네와 함
　께 살겠네."

　"알았네, 알았어. 그렇게 하게나."

　아버지도 최유엄 어르신이 가시는 것이 기쁜 일이지만 섭섭하기
는 박 서방 아저씨와 같은 마음이다. 도영이도 서운해 울고 싶다.

　하지만 이상하게도 날이 다 저물도록 일행은 떠나지 않았다. 집
으로 갔던 박 서방은 다시 왔다.

"날도 좋고 바람도 좋은데 어찌 떠나시지 않았는가?"

조정의 사람들이 최유엄 어르신이 드실 음식을 가져와 드렸다고 했다. 그리고 그들은 최유엄 어르신이 바싹 말랐거나 최후에는 돌아가셨을 거라고 생각했다고 한다.

그런데 개경에 있을 때보다 오히려 살이 찌고 편안해 보이는 얼굴이라며 몹시 놀라더라는 것이다.

최유엄 어르신은 모두 박 서방과 이 서방과 도영이 덕분이라며 자신의 죄가 풀렸으니 그들에게 죄를 묻지 말아 달라고 했다.

최유엄 어르신은 이곳 푸른 섬은 천하의 낙원이며 벼슬살이를 떠나 백성으로 지낸 것이 홀가분하다며 그간의 자신의 심정을 말했다.

처음은 원망과 울분으로 지냈지만, 지금은 이곳 생활이 편안하다 했다. 또한 개경으로 돌아가지 않겠다며 조정의 사람들만 돌아가라고 했다.

하루가 지났지만 배는 뜨지 않았다. 하지만 임금님의 명령과 조정 사람들의 간청으로 사흘 만에 배는 떠났다. 박 서방도 함께 데리고 떠났다.

바닷가에 서서 최유엄 어르신과 박 서방, 아버지와 도영이는 눈물로 작별 인사를 대신했다. 도영이는 멀리 보이는 배를 보며 슬프게 울었다.

　푸른 섬이 텅 빈 것 같다. 그리고 그리워지면 최유엄 어르신이 살던 집을 자주 찾아갔다. 집 앞에 도착해 평소대로 부르며 들어가지만 아무 대답이 없다.

　도영이는 박 서방 아저씨와 최유엄 어르신과의 추억을 생각하

먼서 어엿한 청년이 되었다. 아버지를 대신해 뱃길을 떠나기도 했다.

푸른 섬으로 돌아오는 배 안에서 도영이는 최유엄 어르신의 소식을 들었다. 몇 달 전 임금님께 올바른 소리를 한 이유로 최유엄 어르신이 해도로 또다시 귀양을 갔다는 것이다.

또다시 해도로 유배돼 살면서 최유엄 어르신이 이곳 푸른 섬을 그리워한다는 소식이다. 또한 박 서방은 변함없이 그 어르신을 섬기고 있다.

"사람의 마음도 가지가지, 땅도 가지가지, 섬도 참 가지가지……."

이 시를 듣자 최유엄 어르신이 도영이와 아버지를 잊지 않고 계신다는 생각이 들었다. 도영이와 아버지도 늘 최유엄 어르신과 박 서방을 잊지 않고 있다.

푸른 섬으로 돌아가는 뱃길에는 그리움과 설렘이 뒤따라오고 있었다.

어린 봉수지기

"와아아, 아버지 빨리 올라오세요."

"알았다. 이 녀석아. 이젠 이 애비가 힘이 부치는구나. 허허허,
  녀석 이젠 제법 날다람쥐 같구나."

아버지와 산 아래 내려갔다가 다시 봉수대 옆 집으로 돌아가는
중이다.

외연도는 사방으로 환히 트여서 바다와 섬들이 잘 보이는 섬이
다. 그 가운데 자리한 봉화산은 그다지 높지 않다. 아이들이 뜀박
질 하듯이 달려 올라가도 된다.

돌석이 아버지는 봉화를 피워 올리는 봉수지기이다. 봉수대 근

처에 자그마한 집을 짓고 살고 있다. 돌석이도 아버지와 함께 서해 바다를 지키며 사는 어린 봉수지기이다. 어린 눈으로 보아도 봉화가 올라간다는 것은 좋은 일이 아니라는 생각을 한다.

어두운 밤중 뭍에 있는 봉대산에서 봉화가 올라오면 그 봉화를 받아서 어청도 봉수대로 보낸다. 봉화산에서 불길이 활활 타오르면 그 광경이 신기한 것은 사실이다.

아버지가 산을 내려갈 때는 나라가 평온할 때이다. 그런 날에는 아버지는 거나하게 막걸리에 취하셔서 산으로 올라온다.

아버지는 어린 돌석이에게 봉수대를 맡기는 것이 영 마음이 놓이지는 않지만 가끔 혼자 두기도 한다. 충청수영성에서 나온 수군 아저씨들이 하루씩 교대를 하며 밤샘을 하기에 무섭지 않다.

날씨가 좋은 날은 먼 섬이 다 보인다. 그리고 멀리로는 군산의 섬도 보인다. 대자로 누워서 하늘을 보며 엄마 생각을 하기도 한다. 돌석이에게 어머니라는 말은 낯선 말이다.

돌석이의 친구는 산토끼, 노루 그리고 산을 돌아다니는 작은 동물들이 돌석이의 친구다. 그리고 산 이곳저곳을 다니면서 풀을 뜯고 약초를 캐오는 일도 돌석이의 일이다.

봉화를 올리기 위해서 필요한 나무나 쇠똥을 모아오는 일도 돌석이의 일이다. 그렇지만 하나도 힘들지 않다.

"아버지, 봉수대에서 다섯 개의 봉화를 피울 수 있잖아요. 언제
　이 다섯 개를 다 사용하게 되나요?"

"예끼 이놈아, 다섯 개를 다 사용하면 전쟁이다."

"몰랐잖아요."

"아버지는 아직 다섯 개를 다 사용한 적은 없다. 세 개 까지는
　사용했다."

"그러면요."

"봉화가 하나 오르면 평화로운 시기이고, 두 개이면 적이 국경
이나 해안에 나타난 때이고, 세 개는 국경이나 해안에 가까이
온 것이고, 네 개면 국경이나 해안에 침범을 한 것이고, 다섯 개
면 우리 군사와 접전 중이다."

"그래요."

"할아버지께서는 다섯 개의 봉화를 올리신 적이 있었단다."

"그럼 아버지는요?"

"난 하나 올릴 때가 가장 많았지만…… 요즘은 조금 불안하구나. 세 개도 있었지……. 그만 누자구나."

아버지는 하나의 봉화를 올릴 때가 많았음을 굉장히 좋아했다.

때때로 아버지가 뭍에서 보낸 봉화를 잘 받고 어청도로 잘 보내주었다고 사또 어른이 위로의 술과 음식을 내려주기도 했다. 때때로 약초꾼들이 왔다가 길을 잃어서 집으로 들어오면 친구가 되어주기도 한다.

가끔은 비좁은 집이지만 잠을 재워주기도 한다. 산 중간까지 바래다 주어서 산 아래로 내려가 잠을 자게 만들기도 한다.

산 아래나 뭍의 사람들이 다녀가면 돌석이는 외로움을 느낀다.

그래서 어린 돌석이는 장가들어도 색시와 아버지와 함께 살아야 겠다고 생각했다.

"아버지, 난 장가 가면 아버지, 나, 색시랑 함께 살래요."

"허허, 그래 그래 그러자구나. 효자 낫구나."

아버지가 산 밑으로 내려가 혼자 집을 지키던 돌석이는 그만 병이 나고 말았다. 낮에 약초를 캐다가 입에 댄 풀이 탈이 난 것이다. 돌석이는 뒹굴며 울다가 그만 쓰러져 입에 거품을 물고 잠이 들었다.

돌아온 아버지는 너무도 놀랐다. 그리고 정성을 다해서 간호를 하자 돌석이는 깨어났다. 깨어난 돌석이는 얼굴도 알지 못하는 어머니를 불렀다.

"어머니, 어머니……."

식은땀을 흘리며 정신을 차리지 못하던 돌석이다. 간신히 입을 열어 어머니를 부르고는 다시 잠이 들었다. 아버지는 가슴 깊이 눈물을 흘렸다.

"아악, 어머니, 어머니."

어머니를 부르며 소리치던 돌석이는 벌떡 일어났다.

"돌석아, 이제 정신이 드느냐?"

"아, 아버지……."

"그래, 그래, 돌석아."

"난 왜 어머니가 없어요?"

돌석이의 느닷없는 질문에 아버지는 당황을 했다. 그리고는 잔잔한 눈빛으로 돌석이를 바라보았다. 이제는 돌석이에게 말해도 되겠다는 생각을 하는 눈치였다.

"알고 싶으냐?"

"……."

　방안의 호롱불이 벽을 기대고서 흔들리고 있다. 아버지의 무거운 침묵이 깨지기를 돌석이는 조용히 기다렸다.

"돌석이는 어미 얼굴을 아예 모르지."

"……."

"돌석아, 네 어미는 참 고왔다. 동네에서 나같이 천한 봉수지기에게 시집가는 것이 아깝다는 말을 많이 했단다. 그렇지만 네 어미는 이 아버지를 믿고 따라주었다."

　아버지는 입을 한 번 굳게 다무시고는 돌석이를 찬찬히 바라다 보았다. 돌석이를 가여운 눈으로 보았다.

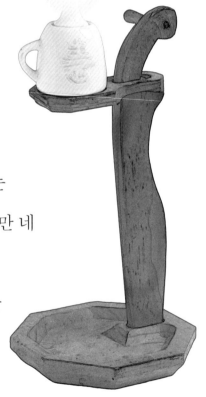

그때도 아버지는 봉수지기였다. 산 아래 집을 두고 결혼을 했다. 다른 사람들과 교대로 올라가야 하지만 아내가 있기에 하나도 힘들지 않았다. 그리고 돌석이가 태어났다.

돌석이 아버지는 나라에서도 인정하는 봉수지기였다. 빠르고 정확하게 그리고 불꽃이 선명했기 때문에 늘 봉화산의 봉수지기들을 칭찬했다.

때로 작은 봉수대에서 불이 제대로 올라오지 못해도 돌석이 아버지의 봉화로 다른 섬들이 알 수 있었다. 낮의 연기조차도 깨끗하고 선명했다.

그러자 적들에게도 돌석이 아버지에 대한 소문이 자자했다. 그래서 보령을 쳐들어와서 노략질을 제대로 하려면 봉화산의 봉수대를 점령하면 된다는 말이 적들 사이에서 퍼진 소문이다.

외연도 봉수는 중앙으로 연결되는 봉수는 아니다. 충청수영에서 바다를 감시하기 위해서 운영되는 것이다. 어청도에서 외연도로 보내주고 녹도에서 원산도로 보내주고 충청수영성 망해정 봉수로 연결된다.

나라의 위급한 상황이나 적이 쳐들어와 우리 군인들과 접전을

벌일 때는 모든 봉수대의 봉화가 활활 타오른다.

아버지에게는 꿈같은 시간들이 흘러갔다. 자신을 닮은 돌석이도 태어나서 아장아장 걷기 시작하자 너무도 행복했다.

그 날도 아버지는 봉수대로 올라갔다. 전쟁의 소문이 흉흉하기에 낮밤을 가리지 않고 봉수대를 지켜야하는 긴장의 날들이었디. 서해 바다에서 가장 중요한 길목에 있기 때문이다.

그런데 어제는 동료가 혼자 지킬 수 있다고 해서 내려올 수 있었다. 아침 일찍 산을 오르는 아버지의 발걸음은 그다지 편하지 않았다. 돌석이의 얼굴도 자꾸만 눈에 어른거렸다.

하루를 어떻게 보냈는지 모른다. 저녁이 되었다. 산 밑의 집이 더욱 그리워졌고 무언지 모르는 불안도 느꼈다.

"어이, 이보게. 그렇게 불안하면 집으로 가보게. 내 오늘도 혼자
 밤샘을 할 테니 말이야."

"아, 아니네……. 오늘 하루만 더 혼자 있을 수 있겠는가?"

처음에는 동료에게 미안한 마음이 들어서 거절했지만 불안한 마음을 떨칠 수 없기에 그 제의를 받아들였다.

"걱정 말고 어서 내려가 보게나. 대신 내일 아침 올라올 때는 넉
 넉하게 막걸리와 안주를 챙겨오게나."

"고맙네, 고마워. 내 넉넉히 챙겨옴세."

아버지는 불안하지만 가벼운 발걸음으로 부지런히 산 아래로 내려갔다. 벌써 마음은 집에 다 왔지만 아직도 멀게만 느껴지는 집이다. 긴장으로 손에 땀이 배어났다.

집이 가까워오자 점점 더 불안했다. 더 빠르게 뛰었다. 집에 도착한 아버지는 깜짝 놀랐다. 마당에 왜구 몇 명이 기다리고 있었던 것이다.

아버지가 들어서자 왜구들이 창과 총을 들이댔다. 아버지는 숨

을 고르고 침착해지려 노력했다. 그리고 돌석이 어머니는 방 안에 갇혀 있었다. 아이의 울음소리가 들리더니 이내 그쳤다.

"그대가 봉화산 봉수지기 이 씨 인가?"

"그렇소, 왜 그러는지?"

"흐흐흐 봉화를 아주 잘 올려시 우리들에게도 소문 난 인물이야."

"……."

"자네하고 우리하고 타협을 할 일이 있지."

"……."

"다른 지역 봉수대의 봉수지기들은 우리가 다 매수했는데 이 봉화산 봉수지기들만 남았거든. 그래서 말인데……."

아버지는 다른 지역의 봉수지기들이 모두 당했단 말에 너무도 놀랐다. 그들은 죽거나 아니면 꼬임에 넘어갔다는 말이다. 아버지는 눈앞이 캄캄했다.

"결정을 내리게. 우리는 이틀 뒤 저녁에 이곳을 쳐들어오기로 결정했거든. 자네가 우리에게 협조를 해서 잘 살든지, 아니면 자네 부인과 아들도 함께 죽어주어야겠네. 흐흐흐 자네 부인과 아들이 아주 곱더군."

아버지는 아주 괴로웠다. 왜구들은 상의하라며 방으로 들여보냈다.

"여보,"

"여보, 고생 많았소. 이제 내가 왔으니 걱정하지 마시오."

"너무 무서워요."

시간이 지나도 아무런 대책을 세울 수 없었다. 왜구들 몇은 잠을 자는지 조용했다. 한참을 생각하던 아버지는 조용히 목소리를 낮추어서 말했다.

"조용히……."

아내는 눈만 깜빡이며 남편을 바라보았다. 그리고 잔뜩 겁먹은 얼굴로 고개를 끄덕였다.

"먼저, 돌석이를 빼돌려야겠소."

"어떻게요?"

귀에 대고 아버지는 속삭였다. 그리고 바로 실행에 옮겼다. 아이는 자지러지게 울기 시작했다. 아버지는 소리쳐 왜구들을 불렀다.

"왜, 이리 아이가 우느냐? 어디 시끄러워서 잠을 잘 수가 있어
 야지."

"아이가 갑자기 왜 이러는지 우리도 모릅니다."

돌석이 아버지와 어머니는 계속 아이를 꼬집었다. 아이는 끊임
없이 울었다. 왜구들이 들여다보아도 아이는 계속 울었다. 아이
를 어르는 척 하면서 살며시 계속 꼬집었던 것이다.

"약방에 가게 해 주십시오."

"안 된다."

단박에 거절 당했다. 그렇지만 아버지 어머니는 계속 꼬집었다.
왜구들은 시끄럽고 아이의 울음이 밤공기를 타고 마을로 내려갈
까 염려되어서 할 수 없이 아버지에게 다녀오라고 했다.

시끄럽게 우는 아이를 안고 아버지는 무사히 마을로 들어올 수
있었다. 그리고 안전하게 먼 친척에게 맡기고 하루만 부탁을 했
다. 돌아와서는 아이의 상태가 좋지 않아서 약방에 맡겨두었다
고 말했다.

"여보, 만약에 봉화가 올라가지 않는다면 우리 지역은 노략질에
 우리 이웃들이 죽임을 당하거나 힘들어 질거에요."

"알고 있소, ……. 왜구들이 날 죽이지 않는 것은 금방 소동이 일 어날 것을 알기 때문이오."

아버지는 시간이 자꾸 흘러감에 마음이 아팠다. 사랑하는 아내를 살려야 한다는 생각만 들었다. 아버지는 마침내 마지막 결단을 내렸다. 그리고 문을 열고 밖으로 나섰다.

"좋소, 내 오늘은 봉화를 올리지 않을 터이니 내 아내를 먼저 보내주시오. 그리고 내가 봉수대에 가지 않으면 병사들이 수상하게 여길 것이오."

"정말 믿어도 되는가? 하지만 부인은 안 된다."

돌석이 아버지는 아내에게 눈짓을 보내고는 왜구들과 함께 산에 올랐다. 아내는 말없이 눈빛으로 말을 주고받았다.

몇 명의 왜구들과 남은 돌석이 어머니는 잠이 오는 약을 탄 술상을 차렸다. 왜구들은 그 술을 마시자 잠에 떨어졌다.

서로 긴장하며 시간을 보내고 있었다.

봉수대에 도착한 아버지는 지난 번 미리 쌓아 놓았던 봉수대의 나무에 불을 지폈다. 돌석이 아버지는 아내가 무사하기를 바라고 또 바랬다. 세 개의 봉수대에서 불이 활활 타올랐다. 이미 아내가 도망을 쳤으리라 믿었다.

봉수대를 지켜보고 있던 왜구들은 화가 나서 부지런히 산을 내려갔다. 길길이 뛰면서 어머니를 찾으러 나섰다. 깜깜한 산 속에서 길을 잃은 어머니는 도로 산으로 오르고 있었다. 그러다 왜구들과 부닥쳤던 것이다.

아내를 잃은 슬픔을 견디지 못한 아버지는 한 동안 넋을 잃고 살았다. 침략을 막아주어서 고맙다는 사람들의 칭찬도 귀에 들어오지 않았다.

아버지는 그 후로 돌석이를 데리고 아예 봉

수대 옆으로 들어와 산 것이다. 고을에서는 돌석이 아버지에게 자그마한 집을 마련해 주었다. 그리고 돌석이 어머니의 장례도 후하게 치러주었다.

어린 돌석이를 안고 산으로 들어 온 돌석이 아버지는 늘 바다와 섬과 하늘을 바라보며 아내에 대한 그리움을 안고 살았다.

말씀을 다 마친 아버지는 눈을 꼭 감았다. 돌석이도 가만히 흔들리는 등잔불을 보았다. 돌석이는 어머니의 희생으로 자신이 살아있다는 것을 생각하며 슬펐다. 마을 사람들은 돌석이 어머니를 기억해 주었다.

돌석이가 살고 있는 서해 바다가 평온한 것은 봉수지기들의 희생과 많은 노력이 있음을 알았다. 돌석이도 할아버지와 아버지의 뒤를 이어서 훌륭한 봉수지기가 될 것을 결심한다.

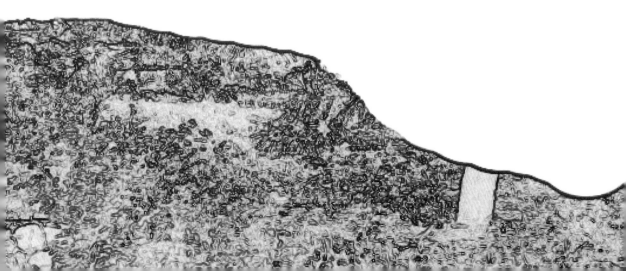

동이

마당에 들어선 아버지는 큰 소리로 동이를 불렀다. 그리고 이내 춤을 추며 노래를 불렀다.

"동이야 아버지 왔다. 어디 있느냐? 아리아리랑 쓰리쓰리랑 아 라리가 났네……."

뒤꼍 변소에 있다 아버지의 목소리를 들은 동이는 얼른 달려왔다.

"아버지, 이번에 장사가 잘 되었나 봐요."

"그럼 그럼, 내 아들 동이야, 잘 있었느냐?"

"네, 아버지."

동이의 아버지는 장사꾼이다. 하지만 시장의 난전이나 가게에

서 하는 장사가 아니라 장날을 쫓아다니는 장사꾼이다. 사람들은
아버지를 장돌뱅이라고 불렀다.

엄마가 없는 동이는 젖먹이 시절에는 동네 아주머니들이 길러
주셨다. 혼자 집에 있을 때에도 동네 아주머니들이 돌보아주셨
다. 어쩌다 집에 오시는 아버지가 낯설었다.

하지만 아버지의 길 위의 인생은 좋아보였다.

아버지는 늘 동이를 측은하게 바라보았다. 머리를 쓰다듬고 안
아주지만 동이는 어색하다.

그러던 동이가 여덟 살이 되었다. 누구의 도움 없이 혼자서도

잘 지냈다. 아버지는 장날을 다 돌고 집으로 돌아오시는 날은 노랫소리와 함께 얼큰하게 취해서 오셨다.

"이 세상에서 가장 재미있는 일은 역시 장돌뱅이야."

아버지는 술에 취하고 흥에 취하면 봇짐장수라는 말이 있는데도 스스로를 장돌뱅이라 불렀다.

어느 날, 전에 없이 일찍 장을 마치고 집으로 돌아온 아버지는 동이와 마주앉았다.

"동이야, 집에 혼자 있으려니 심심하지?"

"네에……."

"서당에라도 보내주랴?"

"서당은 싫어요."

"응? 왜?"

"애들이 장돌뱅이 아들은 공부 배우는 것이 아니래요."

"…… 미안하다. 그러면 하고 싶은 것이 있더냐?"

"아버지 따라 다니고 싶어요?"

"그러고 싶으냐?"

동이는 고개를 끄덕였다. 다른 애들은 다 있는 엄마가 동이에게는 없다. 동이는 엄마의 얼굴이 궁금했다. 동네 아이들의 놀림소리도 듣기 싫었다.

이 말을 하지 않았지만 장을 따라다니면 아이들의 엄마 없다는 놀림소리를 듣지 않아도 될 것 같았다.

동이는 아버지에게서 부보상負褓商은 장터를 돌며 행상을 하는 등짐장수 부상負商과 봇짐장수인 보상褓商을 함께 일컫는 말이며 자랑스러운 이름이 있다고 귀에 못이 박히도록 들었다.

"알았다. 그러면 이 아비를 따라 다니거라."

"네."

동이는 마을로 가서 동이와 가장 친한 친구이자 장돌뱅이 아들인 석이에게 달려갔다.

"석이야, 나 아버지 따라 다니기로 했어."

"진짜?"

"나도 아버지처럼 재미있게 사는 장돌뱅이가 될 거야."

"우리 아버지는 나 안 데리고 다니시는데……."

"석아, 내가 장을 다 돌고 집에 오는 날에는 세상 이야기를 들려 줄게. 기대해 알았지?"

"알았어."

석이와 작별 인사를 마친 동이는 집으로 부지런히 돌아갔다. 그리고 내일이면 아버지와 떠나야 할 짐을 꾸렸다.

아버지는 코를 곯아가며 잠을 주무시지만 동이는 설레어 잠이 오지 않았다. 새벽녘에 간신히 잠 들었는데 아버지가 깨워 일어났다.

"어허, 이 녀석 보게나. 이래서 장돌뱅이를 하겠나."

동이는 후다닥 일어나 부리나케 세수를 하고 밥을 먹었다. 그리고 미리 꾸려진 짐을 챙겼다. 재빨리 아버지의 뒤를 따라 사립문을 나섰다. 달포는 지나야 돌아올 집이기에 한참을 바라보았다.

처음 집을 떠나는 길이다. 비록 아버지와 함께 가지만 어떤 일이 기다리고 있을지 아버지도 동이도 모른다.

"동이야, 걸을 만하냐?"

"네, 아버지. 아직은 괜찮아요."

동이와 아버지는 보령 집을 떠나 홍성, 청양, 광천 장으로 떠났다 다시 보령 장으로 돌아오면 집으로 가서 며칠을 푹 쉬기로 했다.

길을 지날 때 지나가는 부보상 아저씨들이 인사를 건넸다.

"어이, 이 서방 자네 아들인가? 어허, 고 녀석 똘똘하게 생겼네. 부러우이."

"아니, 이 녀석이 이리 커서 지 아비 따라 다닐 정도가 되었단 말인가. 어허, 세월이 빠르기는 빠르구먼."

"이거, 우리는 이제 늙어가는구먼. 이제 우리도 벌써 봇짐을 놓을 때가 되 간다는 말인가."

때로 아주머니들 중에서는 눈물을 훔치기도 했다. 아마도 동이의 엄마를 아는 사람들일 것이다. 동이의 엄마는 방물장수였다.

동이는 그런 아주머니들을 보면서 엄마의 얼굴을 상상하기도 했지만 도무지 그려지지 않았다.

동이는 아버지를 따라서 봇짐장수로서의 덕목도 열심히 배우며 장마다 장날도 익히고 부보상 아저씨들의 얼굴도 익혔다.

아버지를 따라다니면서 세상도 익히고 집에 가면 짧은 시간이라도 석이에게 보고 들었던 일들을 들려주었다.

길 위에서 보낸 시간만큼 아버지는 점점 쇠약해져가고 동이는 청년이 되어갔다. 사계절을 길 위에서 보내며 세상 이치도 깨달아갔다.

“아아악, 아버지.”

어느 날 아버지는 길을 가다가 그만 쓰러지고 말았다. 광천 장을 보내고 보령으로 넘어오는 길이었다.

“살려 주세요, 살려 주세요.”

청년 동이의 외침을 부보상 아저씨들이 들었다. 그리고 아버지와 동이의 짐도 아저씨들이 대신 들었다.

동이는 등에 업힌 아버지를 부보상들의 거처인 죽림리에 있는 홍도원을 향해 업고 뛰었다. 땀을 비 오듯 쏟으며 내달렸다.

아버지는 방에 누워도 정신을 차리지 못했다. 아저씨들은 의원을 부르고 손발을 주무르고 방을 덥히고 정성을 다했다. 한밤중이 되어서 아버지는 눈을 뜨고 동이를 찾았다.

“아버지, 이제 정신이 드세요?”

“그래, 이곳이 어디냐?”

“이 사람아, 자네 광천에서 나오다 길에서 쓰러진 기억이 안 나
  는가? 동이가 자네를 업고 홍도원으로 달려왔다네.”

“동이야, 고생했다. 그리고 자네들 고맙네.”

“의원이 여러 날 쉬라고 하더군. 명심하게.”

"알았네, 내 그렇게 함세. 고맙네."

아버지는 다시 깊은 잠에 빠져들었다. 동이는 밤새 아버지 곁을 지켰다. 점심때가 다 되자 아버지는 자리를 털고 일어났다. 그리

고 아저씨들이 챙겨준 밥을 먹고 기운을 찾았다.

"이보게, 며칠 꼭 쉬어야 한다네."

"알았네, 내 잘 쉴 터이니."

동이는 아버지와 함께 햇볕을 쬐었다. 그리고 마루에 그려진 고누놀이도 했다. 아버지는 이곳에서 쉬면서 부보상 아저씨들과 각 지역의 장날 시세도 교환했다. 상품으로 무엇이 좋은지도 의견을 나누었다.

그래서 아버지와 동이는 몸을 추스리는데로 청양으로 가 오미자를 받아오기로 했다.

접장님도 동이와 동이 아버지를 많이 배려해 주었다.

그러던 어느 날 홍도원이 떠들썩했다.

"네 이 놈, 너는 어디서 온 놈이냐?"

"……."

부보상이 끌려온 이유는 광천 장터에서 가격을 담합해서 장터의 질서를 어지럽히려는 것이 적발되었기 때문이다. 그래서 접장님과 부보상 아저씨들이 잡아 온 것이다.

그날 그 아저씨는 멍석말이를 당하고 쫓겨났다. 부보상 아저씨들의 덕목인 양심과 시장의 질서를 어지럽게 했기 때문이다.

그 아저씨는 장터에 발을 붙일 수 없게 되었다.

동이는 아버지 같이 즐거운 부보상이 되려면 규칙을 잘 지켜야 겠다고 다짐했다. 100년도 넘는 홍도원의 규칙은 엄격했다.

부보상 규칙 중에는 성실하게 장사하는 아저씨들에게는 장사하면서 많은 손해를 봤으면 장사 밑천을 대 주기도 했다.

아버지와 동이는 아버지의 건강이 좋아졌다고 믿었다. 그래서 청양 장으로 가려고 봇짐을 꾸리고 있었다.

그런데 댓돌을 내려서는 순간 아버지는 입에서 많은 피를 쏟으며 뒹굴었다. 동이는 서둘러 홍도원을 관리하는 아저씨를 불렀다.

"아악, 아버지. <u>흐흐흐흑</u>, 아버지."

피와 흙이 범벅이 된 아버지를 방에 뉘였다. 다시 고요해졌다.

"이보게……. 나한테 솔직하게 말하게나. 내가 무슨 병인가 말이야. 그래야 나도 동이도 마음의 준비를 하지 않겠는가."

"으음, 자네 아프지 않았는가. 폐를 많이 다쳤다 하더군. 그래서 길게 시간이 남지 않았다 하네. 쓰러졌던 것이 그 이유였고."

동이는 아버지 앞에서 울지 않고 집 뒤 곁으로 가 아이처럼 엉 엉 울었다. 어머니 얼굴도 모르는데 아버지마저 보내는 것이 억울했다.

동이는 한참을 울고 방으로 갔다.

"아버지 드시고 싶은 것 없어요?"

"허허, 그래 그렇구나. 이 아비가 너한테 많이 미안하구나. 동이야, 닭을 한 마리 사 오너라. 푹 고아서 먹고 싶구나."

동이는 부리나케 일어나 광천으로 가서 실한 놈으로 사왔다. 정성들여서 닭을 고았다. 그리고 작은 소반에 얹어 방으로 갔다.

아버지는 가만히 보더니 얼른 닭다리 하나를 뜯어 동이에게 주었다.

"동이야, 어서 먹어라. 동이가 먹는 것 보고 나도 먹으마."

동이는 눈물을 꾹 참아가며 닭다리를 깨끗하게 먹었다. 아버지는 그제서 닭 국물을 먹었다.

"동이야, 아버지가 죽거들랑 여기 홍도원 뒤편 묘역에 묻어라. 나의 동료였던 부보상들과 함께 홍도원에서 천 년 만 년 살란다. 알았지."

"네."

동이는 울음을 참아가며 대답을 했다.

며칠 지나지 않아 아버지는 세상을 떠났다. 접장님과 부보상 아저씨들은 정성스럽게 장례를 치러주었다.

동이는 아버지처럼 씩씩하게 다시 장삿길에 나섰다. 그러다가 아버지의 기일이 되면 홍도원으로 돌아왔다.

넉넉하게 준비한 술과 밥 등으로 아버지와 아버지의 친구 분들도 배불리 드시라고 펑퍼짐한 봉분 위에 아낌없이 뿌렸다.

"아버지, 편안히 잘 계셨지유."

"많이 많이 드세유. 그리고 아버지 친구분들도 많이 드세유."

아버지처럼 길 위의 나그네 길을 잘 다니도록 보호도 부탁했다.

세월이 지나 아버지의 곁으로 갈 때가 되면 이곳 홍도원으로 돌아올 것이다. 그리고 동이는 장사해서 남은 이문으로 〈선고인합동위령비〉 비문을 세웠다.

발길을 돌리는 동이의 머리 위로 낙엽이 떨어졌다. 자신도 길 위의 인생을 다 마치면 아버지와 함께 홍도원의 가족이 되리라 생각하며 장삿짐을 꽉 잡았다.

선비들의 다툼

"와아아아, 엄마 아빠, 시원하고 좋아요."

충청수영성으로 동생과 함께 나들이를 간 미진이는 마음껏 소리쳤다.

이리저리 둘러보며 멋진 풍경에 감탄이 절로 쏟아졌다. 바다와 잇닿은 건너편 야트막한 산도 시원스레 펼쳐졌다.

미진이는 현대 문명이 없는 옛적에는 고즈넉하니 훨씬 더 뛰어난 풍경일 거라 생각하니 아쉬운 마음도 들었다.

또한 영보정에서 방조제 쪽을 보니 소나무 한 그루가 더 멋진 풍경을 만들어내고 있었다. 방조제 쪽은 바닷길을 막아 바다로서의

역할을 잊어가고 있다.

"아빠, 흐르는 바닷물을 따라가면 어디로 가나요?"

"음, 아마도 저 회이포를 돌아서면 먼 섬들과 남해로 서해로 계
 속 흐르지 않을까?"

"저 바다 물결을 따라가고 싶어요."

"그래, 우리 언제 섬 여행을 떠나자."

미진이와 미소는 영보정 안에서 사방을 보며 즐거워했다.

아빠는 곳곳을 다니며 카메라로 엄마는 휴대폰으로 사진을 찍기 바빴다. 미진이는 아빠를 미소는 엄마를 따라다니며 구경을 했다.

예쁜 풍경에서는 미진이 자매를 세워두고 사진을 많이 찍었다.

그러다 미진이와 미소는 다투기 시작했다. 노란 민들레꽃을 꺾은 동생 미소를 미진이가 나무랐기 때문이다.

"꽃을 왜 꺾었어?"

"예뻐서 집에 가져가려고 꺾었어. 그렇다고 내 등을 때리면 어떡해?"

"네 몸이 아픈 것 알아? 이 꽃도 너처럼 아플 거야."

시끄러운 소리에 엄마와 아빠가 다가왔다.

"즐거운 여행을 하면서 왜 싸워?"

엄마의 잔소리에 미진이와 미소는 서로 눈치를 봤다.

"꽃이 예뻐서 집에 가져가려고 꺾었는데 언니가 꽃도 아프다고 하면서 내 등을 때렸어요."

아빠는 자매가 다투는 소리를 듣더니 웃음을 터뜨렸다.

"하하하, 적절한 장소에서 조금은 비슷한 다툼이 일어났었어."

"……?"

미진이와 미소는 그저 빙그레 웃는 엄마를 봤다. 하지만 엄마는 찡긋 눈을 깜빡일 뿐 아무런 말이 없었다.

"어떤 말인지 궁금해? 아빠가 설명해 줄게. 그리고 미진이, 미소 의 생각을 말 해. 알았지.

"자 아빠 옆에 서 봐."

1709년 음력 3월 4일 영보정 대각선 맞은편 한산사로 패기 넘치는 사람들이 속속 모여들었다. 조선을 뒤흔들어 놓은 강문 8학사 중 5명과 젊은 학자들 포함 10여 명이다.

자신들의 생각을 여러 날 동안 서로의 생각을 말하며 토론한다는 설레는 마음으로 모였다. 도포자락 휘날리는 젊고도 씩씩한 발걸음은 최고의 지성인이라는 자부심도 있다.

그들은 인물성동이논쟁人物性同異論爭을 하기로 했다.

"그들의 논쟁은 '사람과 만물의 같음과 다름'을 말하고자 만났어."

미진이와 미소는 무척 어려워 아빠의 이야기는 한 귀로 듣고 한 귀로 나가고 있다. 하지만 아빠는 차근차근 다음과 같이 말하며 설명했다.

이간 선비가 먼저 말했다.

"마음이 고요하면 순수한 도덕만이 존재하니 오로지 선(착하다)하다고 볼 수 있습니다."

"에잉, 아빠, 나는 고요하면 무서워요. 나만 혼자 두고 다 어디

 갔나 해서 울었어요."

1학년 학생다운 미소의 대답이다.

"혼자 있으면 아빠, 엄마, 언니가 미워요. 나만 혼자 두었으니까

 요. 그래서 난 안 착해요."

"호호호, 우리 미소다운 생각이네. 엄마도 우리 미소의 말에 찬

 성. 하지만 우리 미소는 착해요."

"자, 그러면 우리 큰 공주님은?"

"난 무섭지는 않고 공부하느라

 힘들어서 졸려요. 그리고 내

 마음대로 못하니 외롭고 짜

 증나기는 해요. 온갖 상상의

 나래를 펼쳐요. 히히히."

"역시 우리 큰 공주님은 사춘

 기 막 들어서는 6학년다운

 대답이야."

이때 한원진 선비가 말했다.

"마음이 고요한 때라고 어찌 기운이 없겠습니까? 애초부터 이성과 기운은 분리할 수 없지요. 감각이 발동하지 않는다고 이성과 기운을 분리해 생각할 수 없습니다."

미진이는 곰곰이 생각하고, 미소는 어렵고 지루해 집에 가고 싶어 그냥 가만히 있는다.

"아빠, 고요하면 아까 말했듯이 온갖 상상의 나래……. 솔직히 좋은 생각만 하지 않아요. 어떤 때는 미운 친구를 한 대 못 때려준 것이 속상해요."

"그래, 미진아, 아빠도 사람의 근본은 악(나쁘다)하기에 마음이 고요하다고 선할 수 없다고 생각해. 그리고 사람은 자기 꾀에 자기가 넘어간다. 그래서 정말 싫은 속담이지만 '자기 무덤 자기가 판다.' 얼마나 끔찍한 말인지 몰라. 그래도 사람은 끝없이 좋지 않은 자기 생각에 빠져서 산다도 생각해."

다시금 이간 선비는 사람 외에 만물에 대해 말했다.

"어짐, 의로움, 예의, 지혜, 믿음과 같은 어진 마음은 동물 역시 하늘로부터 동등하게 받았습니다. 만물은 하나의 태극에서 나왔기 때문이지요. 다만 차이가 있다면 인간은 어진 마음이 온전하고 동물은 치우쳐 있다는 정도입니다."

미소는 지루해서 아빠와 언니만 남겨두고 엄마랑 동문 밖으로 간식거리를 사러갔다.

미소는 언니에게 아빠와 재미있게 얘기 나누라고 말하며 '메롱' 하며 갔다. 미진이는 꾹 참으며 아빠와 이야기를 이어갔다.

영보정 난간에 기대어 아빠와 얘기를 나누는 미진이 얼굴로 바람이 지나간다.

"아빠, 좀 어려워요. 그리고 동물과 사람의 마음이 동등하다는 것이 싫어요."

"동물이 치우쳐있다는 말은 이성(생각)이기보다는 성질대로 산다고 봐야할 것 같아. 사람도 마찬가지이지만 동물도 자연의 순리대로 살아가고 있어."

"아하, 그래서 나쁜 사람들을 보고 짐승 같은, 짐승 보다 못한 사람이라는 말을 쓰는가 봐요."

"오호, 제법 그럴싸한데. 큰 딸."

이 말에 한원진 선비는 다음과 같이 반박을 했다.

"이(만물의 이치)의 관점에서만 본 것입니다. 기(숨)의 관점에서 본다면 어떨는지요? 만물을 제각각 다릅니다. 이와 기에 의해 좌우되기 때문입니다. 동물이 어찌 어짐, 의로움, 예의, 지혜 믿음을 가지고 있다고 하겠습니까?"

미진이는 아무리 고학년이라도 이런 어려운 말은 정말 싫지만 아빠와의 이야기이니 좀 더 참기로 했다.

아빠의 차분한 설명에 미진이는 고개를 끄덕이기도 했다.

"아빠, 동물은 자연의 순리대로 사는 거잖아요. 약육강식의 법칙만이 존재한다고 생각해요. 물론 사람이 먼저 공격하지 않으면 먼저 공격하지 않는 신사적인 동물도 가끔 있지만요."

"그럼, 세상 모든 만물들은 닮은 것이 하나도 없지. 각자 본성과 이성을 충실하게 지키며 살아가는 거지. 사람은 사람으로서, 동물은 동물로서 말이야."

"아빠, 옛날부터 사람들은 사람의 마음과 생각에 대해 연구를 많이 하고 서로 토론도 많이 했는가 봐요."

"그럼, 도무지 알 수 없는 것이 사람의 마음 아니겠어. 그래서 서로 생각이 갈라져서 수없이 논쟁을 벌였지. 그래서 정치적인 것만 아니라 이런 사상의 논리를 가지고 당쟁을 하고 당파를 만들었어."

"그러면 서로 많이 미워했겠어요. 칫, 자기 마음도 모르면서 무슨. 아빠 저는 그래서 사람은 본래 선하게 태어났다는 생각을 안 해요."

"응? 왜?"

"제가 봐도 생각이 다르다고 이미 싸우는 자체가 그렇지 않을

까요.”

“그래도 아빠는 이런 토론 문화는 좋다도 생각해.”

미진이는 푸른 바다를 보며 사람의 마음을 알 수 없다는 아빠의
말에 찬성했다. 우리 속담에 '열 길 물 속은 알아도 한 길 사람 속
은 모른다.'는 말이 실감났다.

“자, 미진아, 이제 젊은 선비들의 이야기를 들었으니 딸은 어떻
게 생각해?”

“아빠, 실제로는 어땠는지 모르지만 상대방의 의견을 듣고 존중

하며 토론하는 모습은 본받아야 해요.”

“그럼, 아주 중요하지. 생각이 다르다고 서로 비난하는 자세는
옳지 않아. 틀린 것이 아닌 생각이 다른 것이니까.”

“사람과 동물과 사물을 동일시하는 것은 아닌 것 같아요.”

“아빠도 그래. 사람에게는 영혼이 있지. 하지만 동물은 영은 없
고 혼은 있어. 사물은 사물일 뿐이니 있는 그대로 인정하면 되
는 거지.”

“동물도 아픔을 느끼겠죠?”

“그럼 살아 움직이는 모든 것은 아픔을 느끼지. 하지만 모든 자

연환경은 사람을 위해 만들어진 것이니 소중하게 다루어야 해.

사람들의 꾀가 늘어가면서 동물들과 자꾸만 자리 다툼과 먹을 거리를 가지고 다투니 문제인 거야."

엄마와 미소가 간식거리를 들고 오는 것이 보였다. 미소는 언니와 다투던 기억은 없는지 손을 흔들며 언니를 불렀다.

"미진아, 미소가 사랑스럽지?"

"네."

미진이는 쉬운 듯 어려운 이와 기의 문제를 가지고 토론하는 젊은 학자들의 고뇌를 조금은 느낄 수 있는 하루였다.

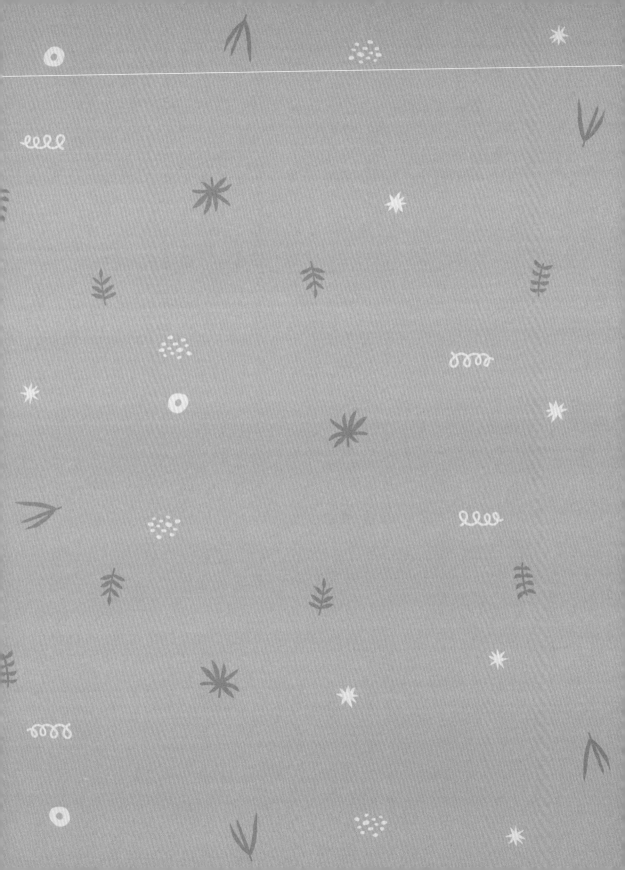

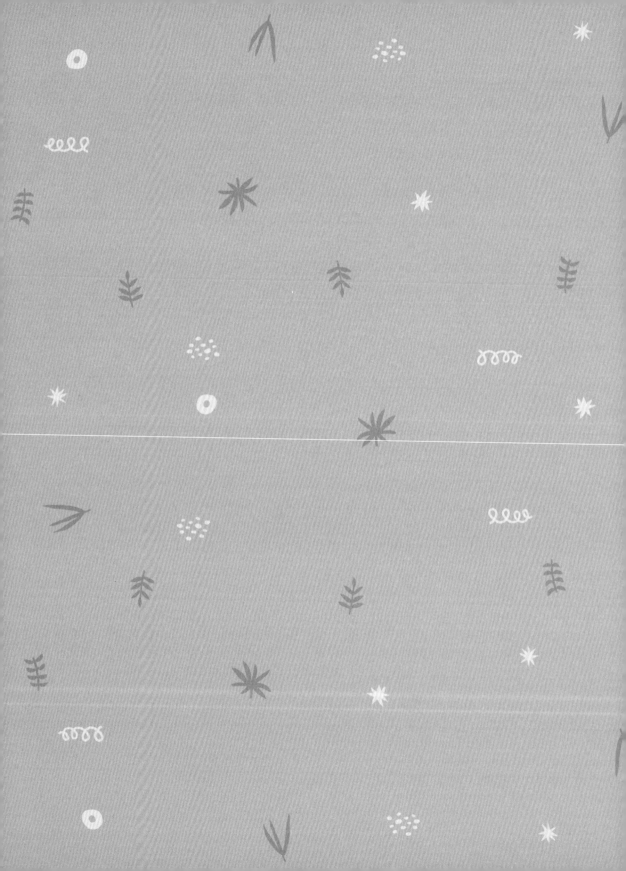

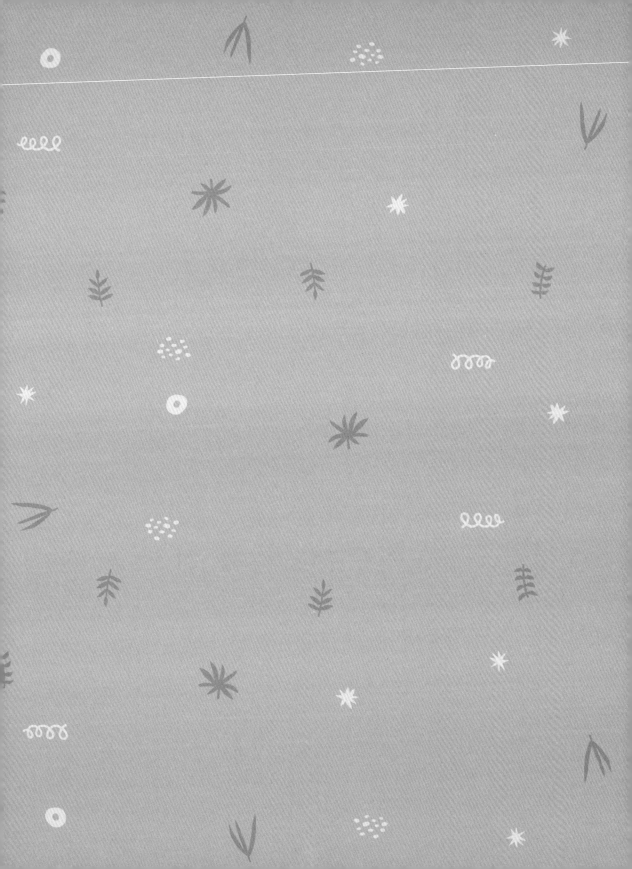

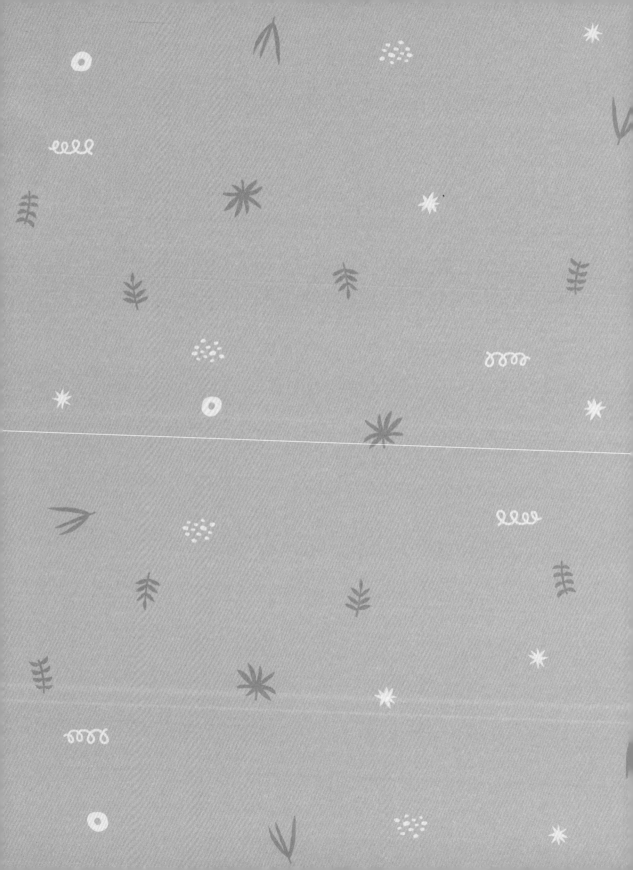